いわき諷詠

今届けたいふるさとの詩歌

丁山雅弘

歴史春秋社

目次

いわき諷詠

例言

一　収録作品の仮名遣いは原文のままとしています。

二　ルビは読み易さを考慮して現代仮名遣いに統一しました。

三　著作権については極力調査しましたが一部不明のものがありました。お気付きの点はお知らせください。

俳諧

初鰹さぞな所は小名の濱《はま》

天野桃隣《あまのとうりん》

『陸奥鵆《むつちどり》』元禄十年開板

1

「初ガツオといえば小名浜なんだなあ」といった感じであろうか。桃隣は芭蕉の従兄弟《いとこ》とも伝わる。芭蕉の三回忌に師の「奥の細道」の足跡を辿り紀行文を残した。掲句は小名浜での一句。浜の様子を「出崎出崎の気色、沖は猟船、磯は鹽《しお》を焼、陸は人家満て、繁花の市、牛馬に道をせばむ」と書いている。その後、桃隣は、玉川～湯本温泉～白水阿弥陀堂～平城下を経て中通り方面へ向かった。

節にきる松魚《かつお》や蠅のむれる中

一具庵一具《いちぐあんいちぐ》

「断橋思藻上」『俳人一具全集』１９６６年

2

「岩城小名浜」の前書きがある。夏の日、蝿がわんわんと群れる中、鰹節の製造が今まさに盛りである。当時の俳壇の月並調を超えた臨場感のある句だ。鰹節製造は江戸時代の磐城七浜を代表する産業で、その多くは江戸に出荷されいわき地方の経済を支えた。一具は専称寺（いわき市平山崎）で修業した浄土宗の僧侶。天保から嘉永（一八三〇～一八五四）にかけて活躍した俳人で、晩年は江戸に出て俳諧で身を立てた。

あの関の名こそ惜しけれけふの月

相楽等躬《さがらとうきゅう》

『桜川』1674年

3

「みちのくの岩城にて月見侍るにくもりければ」の前書きがある。磐城平藩主内藤風虎《ふうこ》は領内の関田の山を歌枕の「なこその関」に見立て、多くの文化人をここに招いた。等躬もその一人。掲句は関への挨拶句。三十代の作で中畑乍憚《さたん》と名乗っていた。大高（勿来）八景の佐糠落雁《さぬからくがん》「夜は分る孤雁なるらん捨小舟」も著名。等躬は須賀川の人で芭蕉や内藤風虎・露沾《ろせん》と親交があった。いわき滞在中、露沾の高月屋敷で亡くなった。

突くや鯨親子の別れ中之作

内藤風虎《ふうこ》

『桜川』1674年

4

風虎は磐城平藩主内藤義泰の俳号。風山・風鈴軒とも称した。原文は「子・中」以外はひらかな。いわきの捕鯨は磐城平藩内藤氏時代の慶安四年（一六五一）に紀州から伝えられ元禄年間（一六八八～一七〇四）まで大規模に行われていた。この時代の捕鯨の様子を描いた絵巻がいわき市指定文化財（「紙本著色磐城七浜捕鯨絵巻」）となっている。『桜川』は義泰が松山玖也《きゅうや》に依頼し編纂《へんさん》させたもので、いわきの風俗が詠まれた句が多くある。

一《ひと》しぐれ夕日に干すや鰈網《かれいあみ》

内藤露沾《ろせん》

大高八景のうち「小浜夕照《せきしょう》」

5

小浜《おばま》は磐城七浜にも入れてもらえない小さな漁港だが、海越しに田人の山に沈む夕日は今も美しい。時雨が上がった浜には明日の漁に備えて網が干されている。鰈網というのがいわきらしい。きっと常磐ものの大きな鰈が獲れるのだろう。露沾は磐城平藩主内藤義泰（風虎）の子義英。贈答句の名手で「時は冬よしのをこめん旅のつと」『笈《おい》の小文《こぶみ》』（芭蕉へ）「年経ても味をわするな岩城海苔」『葛の松原』（各務支考へ）と贈っている。

堂高く池水きよし蝉の経

内藤沾城《せんじょう》

6

堂は高く池の水は澄んでいる。境内には蝉がいっせいに鳴き読経しているようだ。夏の暑さと境内の清澄さの対比が鮮やかな句だ。堂とは磐城三十三観音の十九番札所の下大越観音堂のこと。延享元年（一七四四）にこの堂を再建した際に沾城が詠んだ。句碑が平下大越の安祥院にある。沾城は磐城平藩主内藤政樹。露沾の長男である。

風になり露も葉《は》末《ずえ》を一《ひと》雫《しずく》

内藤露《ろ》哉《さい》

7

「風が吹いてきた。葉っぱの先から露がひと雫こぼれた。私もまたそうであることよ」。自然に仮託して心象風景を述懐したもの。季語は露で秋。

露哉の本名は内藤舎人政峰。磐城平藩初代藩主内藤政長のひ孫にあたる。組頭六百石の重臣である。内藤家の延岡への国替えの際、老身ゆえ磐城に残り四倉に隠棲した。四倉町の海嶽寺に露哉と妻繁女の石碑が建っている。

沖にをれ浪はなこその関の月

西山宗因《そういん》

『奥州一見道中』1662年

8

寛文二年（一六六二）、宗因は磐城平藩主内藤忠興とその子風虎の招きでいわきを訪れた。この頃、内藤家では領内各地を歌枕の地に見立て風雅を楽しんでいた。「なこその関」もそのひとつ。掲句は歌枕の地への挨拶句。歌枕を詠んだ一連の句に「玉川やしほ風白き霧間哉」「玉ぬきしをだえの橋かけさの露」などがあり、いずれも秋の句。宗因がいわきに滞在したのは旧暦七月二十日から八月十六日まで。秋たけなわの頃だった。

右左蕨《わらび》折り行《ゆく》山《やま》道《じ》かな

本多《ほんだ》忠籌《ただかず》

『こその枝折《しおり》』1801年

9

泉藩の藩主を退いた忠籌は享和元年（一八〇一）、領内を見分するため荷路夫《にじぶ》村（いわき市田人町）へ旅に出た。泉陣屋から一泊二日の旅である。『こその枝折』はこの時の紀行文。「しばらく行きて道より下に人家あり。谷川前に流れて景色良し。問へば天住《あまずみ》といふ所なるよし。次第に山深く分け入るままに蕨多く生出たり」との目に見えるような本文が付く。

旅人と我《わが》名よばれん初霽《しぐれ》　芭蕉

亦《また》さざん花を宿々にして　由之

松尾芭蕉・由之《ゆうし》

『続虚栗《みなしぐり》』1687年

10

貞享四年（一六八七）十月十一日、旅に出る芭蕉のために行われた送別の歌仙。紀行文『笈の小文』の冒頭にも収録された。芭蕉の発句に脇を付けたのが由之である。「岩城の住、長太郎と云もの、此脇を付て、其角亭におゐて関送りせんともてなす」とある。由之（井出長太郎）は磐城平藩内藤家の家臣といわれる。大高（勿来）八景の「中田秋月」の句「荒町と曲らぬ月の歩みかな」も由之の句。

あふらすみ（油墨）や顔に隙《ひま》なく水あみせ

矢吹嘉広

『桜川』1674年

11

いわき市平沼ノ内の小正月の伝統行事「水祝儀《みずしゅうぎ》」を三百五十年も前に詠んだ句。新婚の婿に冷たい水を掛け、無病息災・豊漁・豊作を願う。水祝儀で新婿に水を掛けるのは未婚の青年の役割だ。顔に墨を付けるのは魔除けの意味があるという。『桜川』にはほかにも面白い句がある。「相婿《あいむこ》に水は摸稜《もりょう》の手桶かな」（加藤治尚）。摸稜は両天秤のことで、相婿（妻どうしが姉妹）にいっぺんに水を掛けたのだ。

おいたけて入奥涼し道の風

露仏庵沾圃《ろぶつあんせんぽ》

佐藤喜勢雄『いわき文学碑めぐり』

2002年　いわき市観光協会

12

夏の暑さの中、年老いた我が身にみちのくの風が涼しく感じられる。沾圃は服部氏。磐城平藩内藤氏に仕えた能楽師である。初代沾圃は芭蕉の弟子で、服部沾圃は二世（一説には三世）で内藤露沾の弟子。露沾にその才能を愛された。晩年の沾圃は郡山で俳諧を広め、郡山俳壇の祖と言われている（安藤智重「正風受け継ぐ郡山俳壇」福島民報令和元年九月二十三日）。掲句は勝行院（常磐湯本町）にある沾圃の墓碑に刻まれているもの。

俳句

麦秋の中に完熟阿弥陀堂

安達真弓

『柳絮』1994年　浜通り俳句協会

13

夏の日、麦畑の中に白水阿弥陀堂が建っている。歴史を重ねた御堂はまるで麦のように熟している。絵画のように美しい。まだ復元整備がなされる前の風景だろう。真弓は二本松出身、戦後妻の実家小名浜に移り住む。福島県文学賞審査委員・いわき俳句連盟会長などを歴任した。いわき市遠野町深山田《みやまだ》の和紙作りを詠んだ「梅添へてけふ姥捨の楮晒場《かみさしば》」「干紙《ほしがみ》の白が支へる樹頭の雪」も忘れ難い。

暗き眼の少年も居り夏木立

粟津則雄《あわづのりお》

筆者蔵「色紙」より

14

孤独な少年の肉体感覚と夏木立の取り合わせが印象的。則雄はフランス文学者。いわき市立草野心平記念文学館長を二十年間務め現在は名誉館長。則雄には、京都府立第一中学生時代がモチーフの『暗い眼』（1980年青土社）という短編小説集があり、死と隣り合わせの戦時下の中学生の日常が丁寧に描かれる。俳句は独学と謙遜するが、抒情精神の横溢した実に味わい深い句を作る。「木枯を獨《ひと》り聴く夜ぞ好もしき」も私の愛唱句。

梨棚の斑《まだ》ら日浴びて蝉生まる

遠藤アサ子

『赤井』２００１年

15

いわき市は梨の一大産地。あちこちで梨棚を目にする。赤井嶽の麓で育ったアサ子には梨棚は見慣れた風景だったのだろう。梨の摘果作業も終わった頃だろうか。梨棚を透かした日を浴びて蝉の脱皮が終わったのだ。「果樹園で卒業証書見せてをり」というほほえましい句もある。アサ子は俳句結社「春耕」同人。

火遊びの我れ一人ゐしは枯野かな

大須賀乙字《おおすがおつじ》

『乙字句集』1921年

16

乙字によればこの句は平町《たいらまち》の少年時代を回想した句だという。腕白少年だった乙字がふと見せる孤独である。少年時代の乙字は平の田町《たまち》に住んでいた。乙字は明治十四年生まれ。漢学者大須賀筠軒《いんけん》の二男である。当時の平小学校から福島尋常中学校（現在の安積高等学校）、第二高等学校を経て東京帝国大学を卒業。東京音楽学校教授となるが、スペイン風邪のため大正九年三十八歳で死去した。「季語」という言葉を初めて使用した俳人として知られる。

ここすぎて蝦夷《えぞ》の青嶺《あおね》ぞ海光る

角川源義《かどかわげんぎ》

17

「ここ勿来を過ぎると蝦夷《えみし》の天地だ。山々は青く聳《そび》え海は輝くばかりだ」。古代の福島県域はすでに大和王権の内国化していたから、実際には蝦夷の国ではない。この句は、はるばるやってきた源義の感慨を詠んだものといえよう。「勿来すぎ身ほとり秋の涛《なみ》の声」もこの時の句。昭和三十一年八月、当地を訪れた際に詠んだもの。勿来の関公園に句碑がある。源義は角川書店創業者。

松の外《ほか》女郎花《おみなえし》咲く山にして

河東碧梧桐《かわひがしへきごとう》

『河東碧梧桐全集』第十五巻　２００８年

18

明治三十九年九月十日、勿来の関で詠んだ句。碧梧桐は東日本縦断旅行（三千里の旅）の途中、いわきに立ち寄った。関跡から見る眺望を「馬上一顧の値」と評している。翌日は赤井嶽の常福寺に泊まり、「出て見るや龍燈壇の夜半の霧」と龍燈伝説を詠んだ。碧梧桐は虚子と並ぶ近代俳句の重要人物。大須賀乙字の師でもある。

湾《わん》底《そこ》に海星《ひとで》のほろぶ雪月夜

きくちつねこ

『五浦』１９９４年　角川書店

19

九面《ここづら》の勿来漁港で詠まれた句。海星は底引漁の余計者だ。猫の餌にすらならず干からびて放置され、やがて海に捨てられる。つねこはそんな海星に心を寄せる。雪が降りやみ月が出た。美しく凄絶な光景だ。つねこは北茨城市大津の人。磐城高等女学校に学んだ。蘭俳句会第二代主宰。

苗洗ふ池の辺《あたり》や躑躅《つつじ》咲く

櫛田民蔵《くしだたみぞう》

『櫛田民蔵・日記と書簡』1984年

20

民蔵は小川町出身の経済学者。小学校を卒業したら農家を継げという父の命令を振り切って磐城中学校へ進学する。苦学して学者の道へ進むことになる。掲句にみられる農事の細やかな観察は農家育ち故か。「あめ売りの呼声悲し秋の風」「禅僧の悟りかねたる氷夜かな」「遊子帰省る村里かくや盆の月」「川風の曲がりくねつて蚊帳《かや》の月」「ニコライの鐘に飯食ふ男哉」など句材が多彩。妻は女性運動家の櫛田ふき。

海見えぬ堤防聳《そび》ゆ冬かもめ

駒木根淳子

『夜の森』２０１６年　角川書店

21

海街に住む人々は、昔から海を見ながら日和や海の機嫌を感じ取ってきた。東日本大震災以降は津波の被害が大きかった地区ほど高い堤防が造られ、直接海を見ることができない。堤防の向こうは冬の海。カモメは何事もなかったかのように飛んでいる。淳子は平の材木町出身。ご実家は薬局。『夜の森』は第五回（２０１７年）星野立子賞受賞。

月《げつ》明《めい》や土台ばかりの四百戸

高木俊明

22

津波に流された四百戸の建物の土台を、しらじらと月明かりが照らしている。季語は「月明」で秋。俊明が住むいわき市平豊間地区だろうか。感情を露わにせず、描写に徹することによって人・モノ・文化など失われたものの大きさが読み手に伝わる。東日本大震災を詠んだ名句として後世に残るだろう。俊明は元高校教員。いわきの復興を願って開催された第一回復興いわき海の俳句全国大会（２０１６年）の大賞作品。

夕《ゆう》星《つづ》の凍つればしまる馬の肌

高崎公久《たかさきこうきゅう》

『青巒《せいらん》』1993年　本阿弥書店

23

宵の明星が凍るような夕刻、厩舎に帰る馬の濡れた肌が美しく締まる。私はこの句を読むと水石山に放牧されていた馬を思い出す。公久は野澤節子が創刊した蘭俳句会の第四代主宰。師ゆずりの叙情豊かな作風だが、より男性的で硬質な詩情を得意とする。「鴨食へば蒼き雲ゆく寒土用」も掲句同様大胆な構図の中に叙情が光る。

夏のビル昏《くら》し征く子に父と宣《のたま》え

出澤珊太郎《でざわさんたろう》

『出澤珊太郎句集』1991年 卯辰山文庫

珊太郎は、俳誌「海程」発行人・「すずかけ」主宰・「萬緑」同人。金子兜太の盟友でもある。旧制水戸高校から東京帝国大学へ進む。掲句は珊太郎が太平洋戦争中、広島の陸軍船舶司令部に陸軍中尉として赴任するにあたり、実父に初めて会った場面を詠んだもの。実父はいわき市錦町出身の実業家星一。ＳＦ作家星新一は異母弟である。

じゃんがら衆海に真向かひ鉦《かね》鳴らす

永瀬《ながせ》十悟《とおご》

『橋朧《はしおぼろ》―ふくしま記』2013年　コールサック社

25

「海に向かう二〇一一年秋」より。東日本大震災の年の新盆の風景。人命を呑み込んだ海に向かい、鎮魂のためのじゃんがら念仏踊りを奉納する青年たちを詠んだ。十悟は須賀川市在住の俳人。国立福島工業高等専門学校に学んだ。浜通り地方を題材にした作品には「ほういほういと呼び声高く鳥小屋祭」もある。鳥小屋は当地の小正月の行事「どんと焼き」「左義長」のこと。十悟は大震災を詠んだ「ふくしま」五十句で、第五十七回角川俳句賞を受賞した。

園児らはみんな海の香午睡室《ごすいしつ》

西山逢美《にしやまおうみ》

26

海の近くの保育園だろうか。午前中、浜辺で力いっぱい遊んだ園児たちが熟睡している。日常を詠んだこの句がなぜ心に響くのか。東日本大震災後に生まれた命が元気に育っている、それがそのまま復興の歳月に重なるからだ。

昨年も勿来・薄磯・四倉などの海水浴場が開かれた。関係者の努力で海水浴客数もじょじょに回復している。逢美には『茜』『祷り』の句集がある。掲句は第三回復興いわき海の俳句全国大会（２０１８年）準賞作品である。

考古学ひもとく室《へや》の初明り

根本忠孝

『橘月庵遺文』２００５年　遺稿集刊行協会

27

元旦の曙光《しょこう》の中で考古学の本を初読《はつよみ》する愉しい時間を詠んだ。忠孝はいわき市川前町（石城郡川前村下桶売）の在野の考古学者。農業、村会議員のかたわら町内の多くの遺跡を発見した。郷土史・民俗学・文学などにも造詣が深く、「橘月」の号を持つ俳人でもあった。「大根の間びきは妻にまかしけり」「山門をくぐれば柚《ゆず》の時雨《しぐれ》けり」「みちのくの枯野の古墳発《あば》きけり」「初孫の七夜を飾る菊の花」。

羅《うすもの》をまとふ農婦の広き肩

根本五風《ねもとごふう》

『渓流』2004年　月書房

28

羅は薄く軽やかな夏の単衣《ひとえ》。この句のように羅と、たくましい健康的な女性を取り合わせた句は少ないのではないか。季語「羅」に新たな魅力を加えた句だ。川前町の農家出身の五風には「分校の垣根は稲架《はざ》とかはりけり」「種薯《たねいも》にねずみの歯形二つ三つ」「餅花の生家に親族《うから》集ひけり」「筍《たけのこ》の屋敷屋号で呼ぶ旧家」など故郷を詠んだ句が多い。郷土史家根本忠孝の子息で、歌人田部君子の妹の夫である。

青萩の袖染むばかり勿来越ゆ

野澤節子

『鳳蝶』1970年　牧羊社

29

節子は昭和四十一年北茨城市在住の親友きくちつねこを訪れた。平潟、六角堂を巡り勿来の関まで足を延ばした。今越えて来た関跡は青萩が盛り。その青に袖が染められてしまうようだと詠んだ。「青萩」は夏に咲く萩で夏の季語。白水阿弥陀堂の阿弥陀仏を詠んだ句「新秋の仏血色の肉髻朱《にくけいしゅ》」は本尊の内面にせまる迫力のある作品（『駿河蘭』１９９６年）である。節子は大野林火門で、俳句誌「蘭」を創刊。

点滴の一滴ごとに初《はつ》茜《あかね》

蛭田親司

『彫心　蛭田親司句集』1993年　山河発行所

30

初茜は初日が昇る前に空が茜色に染まっていること。正月早朝の薄明るい病室の風景であろう。点滴の液、一滴一滴が茜色に染まるのを医師である親司は凝視している。東京帝国大学卒業後、小名浜で開業、戦後いわきの俳壇を育てた。「ゆるゆると当てて余寒の聴診器」「初明かりして円陣の白衣たち」「打診胼胝《だこ》消えて濃紅葉薄紅葉」などの秀句がある。

網倉の奥へ朝日や漁《りょう》始《はじめ》

古市枯声《ふるいちこせい》

『句集阿武隈』1999年　白凰社

31

今年初めての出漁の準備。網をしまっている倉の奥まで朝日が深く射し込んでいる。枯声は久之浜生まれ。久之浜漁港の嘱目であろうか。「干し網に潮の香のする良夜かな」「網に座し網繕へる四温かな」など四季ごとに漁港の景を詠んでいるが、どの句も季節感豊かでいわきの浜の風景をいきいきと詠んでいる。俳句誌「春耕」にて皆川盤水《みなかわばんすい》に師事した。

湯の岳の頂きに雪凧《たこ》日《び》和《より》

皆川盤水《みなかわばんすい》

『積荷《せっか》』1964年　風発行所

32

湯の岳にはまだ残雪がある。早春の青空に高々と凧が上がっている。大らかで清々しい景色だ（凧が主季語）。盤水の故郷、内郷白水町から見た湯の岳だろう。同じく内郷の句に「ふんだんな掛巣の声や阿弥陀堂」がある。白水阿弥陀堂は盤水少年の遊び場。盤水は俳句誌「春耕」を創刊した。いわき市平赤井の常福寺には「閼伽井嶽《あかいだけ》夜風ゆたかな盆踊」の句碑がある。

刎来すぎて道も奥なる雪積めり

村山古郷《こきょう》

『村山古郷集』１９８０年　俳人協会

33

昭和十八年、太平洋戦争中の句。「磐城の学友山名菅《かん》村《そん》を訪ねる途上の句。みちのくへ初めての旅で、東北の雪が珍しかった」との自解がある。菅村は平菅波《すぎなみ》の大国魂神社宮司。古郷とは国学院大学の同級生であった。ともに大須賀乙字の高弟内藤吐天《とてん》を師とする俳人である。古郷には『大須賀乙字伝』があり乙字研究の基本文献となっている。

貝塚や春風ここに五千年

八代義定《やしろよしさだ》

『残丘舎遺文』2001年　八代義定遺族会

34

自然環境に適応した生活を営む縄文人が残した貝塚と、春風五千年に象徴される悠久の時間、季節の繰り返しを取り合わせた。

義定は福島県石城郡鹿島村村長を務めた在野の考古学者。義定が『人類学雑誌』に貝塚研究の論文「福島県藤原川流域の石器時代遺跡と其年代」を発表した昭和七年頃の作品だろう。

夏寒しじやんがらの鉦《かね》打ち続け

山崎祐子

『点睛』２００４年　角川書店

35

浜通り地方のお盆の行事、じゃんがら念仏踊りを詠んだもの。じゃんがらの句は秋の句が多いが、これは珍しく夏の句。じゃんがらの練習は本番の一ヶ月前には始まる。地区の集会場がおもな練習場だ。冷夏の年は稲の稔りが心配だ。鉦を切る手にもいっそう力が入る。祐子は平出身の民俗学者。同じ作者に「蜩《ひぐらし》の門じゃんがらの鉦通る」（『葉脈図』２０１５年）がある。これは秋の句。

機械油の臭ひかすかな軍手刺し

山代吉宗《やましろよしむね》

増補『山代巴獄中手記書簡集』2013年　而立書房

36

「徳毛善一宛書簡」昭和十七年七月十日付より。治安維持法違反の容疑で巣鴨の東京拘置所に収監されていた吉宗は、妻巴《ともえ》の父善一の手ほどきで俳句を始めた。獄中での軍手の縫製作業を詠んだもの。吉宗は磐城中学校から明治大学専門部卒業。磐城炭礦小野田坑の飯場頭として鉱夫の待遇改善の先頭に立った。昭和二十年一月広島刑務所で獄死。行年四十三歳であった。

母の字を見たくて如露《じょうろ》を裏返す

山名萱村《かんそん》

『水に透く落葉』１９７１年　早蕨発行所

菅村の母はこの句の前年に亡くなっている。じょうろには母が書いた字が消えずに残っていたのだろう。母に会いたくて思わず裏返したという母恋の句である。菅村にはうぶすなの地、菅波の風景を詠んだ佳句も多い。「朝は田の水より明けて秋の雷」「ひしめいて寒田緊密な手をつなぐ」「夏木立水気ある灯をぶらさげる」。菅村は大国魂神社宮司。大須賀乙字の愛弟子内藤吐天《とてん》に師事した乙字直系の俳人である。

発破音ふり返るとき大枯野

結城良一

『発破音』１９７１年　結城良一発行

38

常磐炭田閉山の挽歌ともいえる作品。良一は磐城高校卒業後、常磐炭礦に勤めた。俳誌「浜通り」代表としていわきの戦後俳壇で長く活躍している。「坑内に脚絆《きゃはん》干し来る啄木忌」「啄木忌切羽《きりは》に匂ふ貼薬」は、啄木忌と坑内に干す脚絆や貼薬の匂いを取り合わせた戦後の青春を実感させる作品だ。「天金のたらの花咲く弥勒沢」は常磐炭田発祥の地、内郷白水町の弥勒沢に咲くタラの花を詠んだ佳品。句集『発破音』で昭和四十七年度福島県文学賞受賞。

風呂吹や漆の如き自《じ》在《ざい》鉤《かぎ》

渡辺何鳴《かめい》

『渡辺何鳴俳句集』２００５年　渡辺郁子　小沼勇

39

風呂吹大根の温かさと自在鉤の渋い取り合わせが見事だ。「ホトトギス」（昭和七年二月号）雑詠欄に掲載された。虚子編『新歳時記』にも再掲。何鳴は昭和四年、三十歳で平の八幡小路の鼠坂《ねずみざか》に医院を開業した。俳句誌「馬酔《あし》木《び》」「雪解」同人。昭和のいわき俳壇の中心人物として活躍した。「水馬《みずすまし》みるみる雲の崩れけり」「透明の薬液若葉光満たす」も佳品。

寒明けの櫛田民蔵のインク壜《びん》

渡辺誠一郎

『俳句旅枕』２０２０年　コールサック社

ようやく寒が明けた日、榊田民蔵愛用のインク壜にも春の気配がする。寒明けは節分の頃のこと。榊田民蔵はいわき市小川町出身の労農派の経済学者。民蔵の研究一筋の厳しい生涯を寒明けのインク壜に象徴させた佳句だ。草野心平生家のすぐ近くに民蔵の生家が残る。誠一郎は宮城県の俳人で、俳句誌「小熊座」前編集長。平成二十九年に小川町を訪れこの句を詠んだ。

川柳

日々峠三百六十五の峠

加藤香風

『ともしつづけた灯』1994年

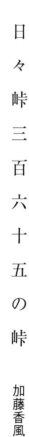

41

香風はいわき柳壇の中興の祖である。岸本水府の「番傘」直系の穏やかで上品な本格川柳の種をいわきに蒔いた。「口喧嘩すると約束思い出す」「八十二恥ずかしながらまだ未熟」「会心の出来が選者に通じない」など楽しい句がたくさんある。明治四十年、福井県丸岡町生まれ。日本水素工業の小名浜進出でいわきの住人となり、いわき番傘川柳会を興す。掲句は退職後始めた旅館業の厳しさを詠んだもの。つねに前向きに挑戦し続けた人生だった。

コロナ禍に生きる五感を研ぎ澄ます

三戸利雄

42

コロナ禍の今を生きいきと詠んだ。「開戦とオリパラに見る緊急時」も深い洞察のもとに生まれた句。利雄は郷土史にも造詣が深く、地元泉町下川出身の能面師、出《で》目《め》洞白《とうはく》研究の第一人者でもある。「箸でなく手で拾いたい母の骨」（『合同句集いわきの川柳』第34集　２００６年）は、発表時多くの人の感動を呼んだ。令和三年、第四十一回福島県川柳賞正賞受賞作品。

職業欄父胸張って農と書く

鷹　大典

『胸張って』１９８６年　いわき謄写堂

43

朝日新聞「ふくしま柳壇」昭和五十九年度年間最優秀作品。大典は専売公社退職後に川柳を始めた。人生経験に裏打ちされた滋味溢れる作風である。掲句もそうだが父母を詠んだ句に佳句が多く視線が温かい。「小卒の父の砥石はいつも濡れ」「口重い父の一言だから利き」「どん底の夢に出るのはいつも母」「ほとんどは俺が作った母の皺《しわ》」。

命見つめナース詰所に夜が無い

真弓明子

川柳作品集『舞い柳』１９９４年　いわき謄写堂

44

ナースステーションの灯が消えることはない。日夜懸命に働く看護師さんには心からの感謝しかない。コロナ禍の昨今その思いはひとしおである。番傘川柳本社の岸本吟一は「『舞い柳』には人がいる。人の歩みと生きざまが鮮やかに描き出されている」と絶賛している。いわきの柳壇をリードする真弓明子は日本舞踊の名取でもあり、「太棹《ふとざお》に胸のお七がはっと立つ」など、日舞や人形浄瑠璃に触発された句も多い。

短歌

たつぷりと乳を与へて児を帰し
朝まで稼ぐ選炭婦のむれ

赤石澤吉雄

『ゆづり葉』１９８２年　生活社

45

「産後浅き乳房が張ると選炭婦その児の負はれ来るを待ちつつ」。選炭はベルトコンベアで流れてくる石炭を選り分ける仕事。二十四時間三交代で行われた。掲歌は乳飲み子を抱える婦人の労働を詠ったもの。吉雄は高等小学校を卒業すると常磐炭礦に入り閉山まで三十七年勤めた。「選炭婦の母と長病む父を持ち長男吾や遂に鉱夫に」「高校へやれざりし娘《こ》が働きて電気冷蔵庫購いくれぬ」。短歌結社「沃野」で学ぶ。

ちちのみの父に似たりと人がいひし
我眉の毛も白く成りにき

天田愚庵《あまだぐあん》

『増補改訂版愚庵全集』1934年　政教社出版部

46

「癸卯《きぼう》（明治三十六年）感懐二首」のうちの一首。翌年に満五十歳で亡くなるので、愚庵最晩年の歌である。「ちちのみの」は父にかかる枕詞。もう一首は母を詠った「かぞふれば我も老いたり母そばの母の年より四年老いたり」である。「母そばの」は母の枕詞。磐城平城落城の際、生き別れとなった両親と妹をさがして各地を放浪。清水の次郎長の養子となり富士の裾野の開墾に従事するなどした。その後、出家し鉄眼・愚庵と名乗った。

坑口にてビタミン二粒あたへられ
夏を休まず切羽《きりは》に向ふ

飯村　仁

『常磐炭田戦後坑夫らの歌』１９７４年　いわき歌話会

47

仁は過酷な採炭作業を丁寧に詠む。切羽とは採炭トンネルの先端のこと。高温多湿で落盤の危険が多い場所だ。「眼《まなこ》のみ白く光らせ炭塵にまみれし顔を並べし昼餉《ひるげ》」「炭塵と熱気の切羽抜けいでて入気の風をむさぼりて吸ふ」など臨場感がある。歌集『冬の風』にて昭和三十八年度福島県文学賞受賞。昭和四十八年、西部礦業所の坑内火災にて殉職した。

まつりには海ほほづきを先づ買ひき
その潮の香のする町に来ぬ

伊藤雅水《まさみ》

『樹間の絵　伊藤雅水歌集』２０１２年　かまくら春秋社

48

子どもの頃、夏祭りの夜店でまず初めに海酸漿《うみほおずき》を買ってもらったものだ。遠い海の香がした。今私はその潮の香がする海辺の町に嫁いできたという歌。海酸漿は巻貝の卵嚢《らんのう》を利用したもので、植物の酸漿のように音を鳴らして遊ぶ。現在と過去の二つの時間をうまく一首に取り込んだ歌だ。「関越えていわきの里に三十年住みて母なる海に抱かるる」もふるさとを離れいわきに生きる感慨を詠う。

レーニンの保存死体よ吾《あ》の中で
誰かがシーソーの片側に乗る

井上法子《いのうえのりこ》

『磐高文学』第64号　2007年

49

レーニン廟は観光名所となり、遺体はグリセリンと酢酸カリウムでコーティングされている。革命家は聖遺物と化した。法子が好きだという塚本邦雄ばりの鮮烈なイメージを喚起する。それにしてもシーソーの片側に乗るのは誰なのだろう。「吾の中でシーソー揺れていてくれる　春の唇に満たされてゆく」も連作の一首で歌集『永遠でないほうの火』（２０１６年書肆《しょし》侃侃房《かんかんぼう》）に再録。

雪代《ゆきしろ》に似たる紙すきのにごり槽《ぶね》
簀《す》の子ふるはす老の手早し

大内與五郎

『海門の雲』１９８６年　九藝出版

50

雪代は春に融けた雪が川に流れ込み濁っている様子。五百年の伝統がある遠野和紙の紙漉き農家に取材したもの。先年、ここに詠まれた最後の技能継承者瀬谷氏が亡くなった。現在は有志によって伝統が受け継がれている。「とろろあふひの汁こきまずる槽の中楮《こうぞ》がとけて立つる小波」も連作の一首。與五郎はシベリヤ抑留体験を綴った歌集『極光の下に』で第十三回現代歌人協会賞受賞。

安らけく子ら寝しあとに会議する
職員たちの茶をすする音

大河内一郎

『歌集人魚』１９５８年　氾濫社

掲歌は、医師・看護師・保育士などが夜に会議をしている様子を詠んだもの。一郎は当時、福島整肢療護園園長。東北・北海道で初めての肢体不自由児施設を開設したのである。生涯を社会福祉事業にささげた。歌集には療護園での子どもたちの暮らしや親・職員たちの献身的な姿が重い現実を通して詠まれた歌が収録されている。詩集に『雑木林』『シオンの丘』がある。

磐城のうみ磯七濱《ななはま》のくじらとり
青空の色を船に塗りをる

太田《おおた》水穂《みずほ》

『歌集鷺・鵜』1933年　岩波書店

水穂は短歌結社「潮音」の主宰。水穂はこの数年前にいわきを訪れ勿来の関などに遊んでいる。掲歌は「所見」との詞書があるので実際に目にした風景なのだろう。昭和前期、いわき沖では沿岸捕鯨が盛んに行われていた。腐食を防ぐため船底をペンキで青く塗っていたのだ。「そのむかし八幡太郎義家の関の山みち跡荒れにけり」もこの時の歌。いわきゆかりの歌人、小山田《おやまだ》滋《しげる》・田部君子・田中賢介などの師である。

夕やみに消え行く島よ父よさらば
我が航跡はどこまでも白く

小野一雄

『航跡は白く』１９９４年

「父の果てし島にようやくたどり来ぬ出征の日の乳呑子われは」も連作十六首のうちの一首。昭和四十九年、一雄は父が戦死した硫黄島を訪れこの歌を詠んだ。昭和二十年三月、この島で二万余りの日本兵が亡くなったのだ。『航跡は白く』は父徳太郎五十回忌記念誌で、家族にあてた四十四通の軍事郵便が掲載されている。家業と家族そしてなにより幼い一雄を気づかう手紙である。

散りはてゝ枯木ばかりと思ひしを
日入りてみゆる谷のもみぢ葉

大町桂月《おおまちけいげつ》

54

あきらめていた紅葉に間に合った感動を詠んだもの。酒と旅を愛した文人大町桂月は明治四十年にもいわきを訪れ勿来関・湯本温泉・湯の岳などを巡っているが（『常磐の山水』）、掲歌は死去の前年、大正十三年十一月の旅。「二度もみじといわれるほど紅葉シーズンが長い夏井川渓谷」（いわき民報「いわき風景遺産」令和三年十一月九日）への賛歌だ。夏井川渓谷の「篭場の滝」近くに歌碑が建つ。

刺青《いれずみ》の妖しく彩《いろ》ふ腕とりて
わが刺す注射針《はり》のかすかに顫《ふる》ふ

岡和一郎

『常磐炭田戦後坑夫らの歌』1974年　いわき歌話会

55

和一郎は常磐炭礦湯本病院の医師。昭和二十一年に赴任した。業務の傍ら短歌を広め常磐炭礦を中心に五十人以上の仲間が集まったという。掲歌は刺青をした患者に注射をしているところ。刺青の上から注射するかすかな心の動きを詠んだ。かつて炭鉱では、わたり鉱夫を中心に刺青をした人は少なくなかった。「怪我と弁当は自分持ち」と言われ、現在ほど労働安全基準が整備されていなかった時代、厄除けのお守りとして刺青が入れられたのだ。

楢の花咲く日となりていくたびか
季節坑夫のかへりゆく駅

小山田《おやまだ》滋《しげる》

『野麦』第一集　１９３７年

56

昭和時代前期、入山採炭（常磐炭礦の前身）の幹部社員であった滋は、いわき地方の歌壇の中心として、田中賢介・田部君子・野本多霞夫《たかお》など若い歌人を育てた。掲歌は、出稼ぎに来ていた季節労働者が帰ってゆく春が今年もやってきたという景を詠んだもの。駅は湯本駅だろう。「おほかたは軍歌となりて子供等の歌の世界もかはり果てにき」（『野麦』第五集　１９３７年）は世相を活写して貴重だ。

土温《ぬく》く日ざしは背《せな》に心地よく
畑に生きる仕合せもよき

北郷光子《きたごうてるこ》

『春告げ鳥』２０１２年　ポトナム叢書

57

農業一筋の暮らしの中で、五十歳代で短歌をはじめた。「のびやかに春告げ鳥の鳴く朝を縄張り争う声とは思わぬ」は表題作。農の喜びをてらいなく歌った作品が魅力的だ。「生涯を現役目ざし夫とわれと巻雲清しき下に稲扱く」「箱苗据え被覆のビニール張り終えて今年の稲作先ずスタートす」「夕さりを白菜大根太り来し畝間《うねま》畝間を時かけ歩む」。

『春告げ鳥』は第六回ふるさと出版文化賞最優秀賞の歌集。

馬方の三吉は伊達の与作が子
吾れは野天を見上げたりけり

草野民平《みんぺい》

『草野民平詩集』１９７１年　青娥書房

58

民平は明治三十二年、石城郡上小川村生まれ。大正四年の夏、民平は結核療養のため小川の生家へ戻っていた。秋になると、旅の一座が村の広場に小屋を建て芝居を興行した。掲歌は人形浄瑠璃「重の井子別れ」を芝居にしたもの。弟の心平によれば、村人は栗飯やおかず・酒をもって芝居見物に集まったという。民平・心平の兄弟もわくわくしながら観ていたのだろう。大正五年、民平は結核性脊椎カリエスのため十六歳で亡くなった。

春帽子夏帽子交じらひてゆく
磐城平城本丸跡地

小林真代《こばやしまさよ》

『Turf』２０２０年　青磁社

59

第七十回福島県文学賞受賞作品。五月の連休に磐城平城の本丸跡地で行われたイベントに参加したのか、うきうきした気分を春・夏の帽子で明るく描いた。「石垣のすきまに淡くふくらんで草色のつぼみ風にふるへる」も物をしっかりとらえている佳品。本丸跡地の一部は公有化され令和四年に市の史跡に指定された。『県文学集』第六十五集（２０１８年）。

みちのくの勿来へ入らむ山がひに
梅干ふふむあれとあがつま

斎藤茂吉

『あらたま』1921年　春陽堂

60

大正四年八月、茂吉は輝子夫人を伴い歌枕の地勿来の関を訪れた。茂吉三十三歳、輝子十九歳。平潟から徒歩で県境を越えて来たのである。当時、松川磯（勿来海水浴場）から勿来の関跡に上がる道は今とは違い細い山道であった。麓にあった茶店で二人は梅干しを求めたのかもしれない。関跡に掲歌が刻まれた歌碑が建っている。斎藤茂吉は歌人で精神科医。

わが背戸辺《せとべ》黙《もだ》し流るる釜戸川
幾うねりしてためらいもなし

佐藤　源（愛山）

『釜戸川』１９７６年　青環短歌会

61

我が家の後ろを静かに流れる釜戸川は、幾多のうねりを繰り返しながら迷うことなく滔々と流れている。愛するふるさとの川に、自分の来し方へのひそかな自負を重ねた歌だ。釜戸川はいわき市渡辺町から泉町を流れ太平洋にそそぐ。源は泉村に生まれ、国鉄の技術者となった。晩年は農業のかたわら、短歌・陶芸・登山・考古資料の収集など幅広い分野で活躍した。

ひるすぎの雷《らい》ふるふとき能満寺
虚空蔵《こくぞう》の桜しばしば散らん

佐藤佐太郎

『開冬』１９７５年　弥生書房

62

春の雷が激しく鳴る時、能満寺の桜はそのたびに散るだろう。能満寺は枝垂桜で有名な常磐西郷町の古刹。寺宝の虚空蔵菩薩は奈良時代の乾漆仏《かんしつぶつ》で国重要文化財である。歌の「ひびき」を大事にした佐太郎らしい作品。昭和四十八年、佐太郎夫妻は湯本温泉で療養しており、この時に能満寺を訪れたようだ。佐太郎は北茨城市平潟町出身。

あつさつよき磐城の里の炭山に
はたらく人ををゝしとぞ見し

昭和天皇

『おほうなばら　昭和天皇御製集』１９９０年　読売新聞社

東北巡幸の最初の訪問地となった常磐炭礦磐城礦業所での御製。昭和二十二年八月八日、背広にネクタイ姿の天皇は地下四百五十メートルの坑内に入り、切羽の炭層を見学し鉱夫たちを激励した（『昭和天皇実録』巻十）。「暑さ強き」は実感であろう。政府は片山内閣（日本社会党ほか）で、石炭や鉄鋼に国力を集中させる傾斜生産方式を実施していた中、当地が巡幸先に選ばれた。歌碑がいわき市石炭・化石館に建っている。

わが生の一日《ひとひ》一日を運びゐる
この石の坂急なるはよし

白木《しらき》英尾《ひでお》

『急坂』１９６５年　白玉書房

一歩一歩あゆむ私の人生は石だらけの急坂だがそれもよし、望むところだ。磐城中学校時代に作歌を始めた英尾は、掲歌のとおり平成九年に八十五歳で亡くなるまで短歌ひとすじの道を歩んだ。前田夕暮に師事、福島県歌人会の設立に参画、のちに会長を務めた。「たまりたる落葉の下をながれつつ水はかすかに音たててゐる」のような静謐《せいひつ》な作風だが、二十九歳の「ごろり寝転んでさびしくてならぬ、木の葉よ落ちてこい」は師の夕暮ばりの自由律短歌。

リバーシブルシティが見える雨上がり
生き残るのが我らの使命

鈴木博太

「リバーシブル・シティ」『県文学集』第57集　２０１０年

65

都市の快適さと居心地の悪さ、身近な共同体への親近感と違和感。リバーシブルな生活の振幅を博太は軽やかに行き来し詠う。「どの人も似た顔をして降りる駅郊外の団地に眠る鳩」「かばんにはひとり分の笑み伯父という近くて遠い人を訪ねる」は、いずれも平成二十一年度福島県文学賞受賞作品。博太は東日本大震災を詠んだ「ハッピーアイランド」で平成二十四年に第五十五回短歌研究新人賞受賞を受賞した。

バイトの子も吾もきりりと髪結ぶ
居酒屋に立つ夕べの習い

曽我朗子《そがあきこ》

『縄のれん』２０１０年　いまあじゅ

朗子は居酒屋の元経営者。歌集のあとがきによれば二十六年間営業したという。掲歌は客を迎えるほどよい緊張感が伝わる歌だ。「カウンターに頬杖ついて客を待つ鍋の煮込みは食べ頃なのに」、こんな日もある。「六月の暮れ六つ刻《どき》は明るくて面映ゆさうに客の入り来る」とさりげなく店名を織り込む。幼い日の記憶、恋愛と結婚、再婚、子育てと子の結婚、親の介護など、さまざまな人生の出来事を情に流されずしっかり描写した大人の女性の歌集だ。

海嘯《かいしょう》ののちの汀《なぎさ》は海の香の
あたらしくして人のなきがら

高木佳子《たかぎよしこ》

『青雨記』２０１２年　いりの舎

67

東日本大震災を詠んだ鎮魂の歌。海嘯は津波の古い呼称でもある。新鮮な海の香となきがらの対比が切ない。震災でいわき市内だけでも四六七名の方が亡くなった。震災の一か月後、私は薄磯海岸を歩いたが信じられないほど穏やかな春の海が広がっていた。海の香がこころなしか強かったような気がする。佳子は短歌誌「潮音」選者。歌集『玄牝』で第二回塚本邦雄賞を受賞した。

誰が為に人に流せる供養燈
色とりどりに水にたゆたふ

高久晩霞《たかくばんか》

『短歌佐波古集』1943年

「旧盆にあたり鎌田川に流燈会を見に行く」との前書きがある昭和二年の歌。現在も夏井川灯籠花火大会として、鎌田の河川敷で華やかに行われている。晩霞は佐佐木信綱に師事、いわき歌壇の長老として活躍した。平田町《たいらたまち》で内科医院を営む。長男が出征した時の歌は父親の心情がこもり切ない。「業《なりわ》ひを継がむ独り子兵に召されわびし父われ永く疾《や》み臥《こや》る」「軍医吾子を君が御楯と肯《うべ》なひてこころ誇れど侘しくは居つ」。

穂のいでし麦畑ごしに道見えて
奴《やっこ》行列《ぎょうれつ》のくりだし来たる

高萩尊風《たかはぎそんぷう》

『歌集夕映』１９５８年　氾濫社

昭和二十八年の作品。七年に一度行われた釜戸（渡辺町）の奴行列を詠んだもの。「肱《ひじ》はりて鳥毛を揮《ふる》ひ歌う奴紺の香たかき揃ひの装束」「籠長持を中に若きら身をそらし歌をぞ唄ふ薄化粧して」も連作で臨場感のある内容だ。奴行列は昭和四十七年を最後に行われていない。尊風は明治十一年現在の内郷高野町生まれ。漢学者吉田敦和門の俊秀である。

海を恋ひ小名浜に住み四十年
さんまの刺身も得意となりぬ

高橋安子

『茄子の花』２００６年　柊書房

70

小名浜の人となった安子は、新鮮なさんまを刺身にして家族に振る舞う。脂の乗った新鮮なさんまの刺身を、おろしニンニクを薬味に食べる。ささやかだが最高のぜいたくだ。「無駄花はなしてふ茄子の不可思議を炎天に思ひ人間を思ふ」は歌集の表題作。無駄なく実をつけるという諺《ことわざ》から、かけがえのない人間の価値を思うのだ。安子は元中学校教員。「厨はわが領」にて平成十九年度福島県文学賞を受賞した。

一むらの芒《すすき》に今朝の霜白し
鶴嘴《つるはし》をかついで仕事にいづる

田中賢介

『歌集地熱』1952年　潮音社

賢介は常磐炭田を代表する歌人。十二歳から入山採炭で坑内労働に従事した。石川啄木の歌が好きで、昭和七年十八歳で短歌結社「潮音」に入る。掲歌はその頃の作品。冬の朝仕事に出かける情景を詠んだもの。賢介の歌は鉱夫の暮らしを丁寧に詠んだもので、「潮音」誌上でも異色の歌人であった。「妻もまた撰炭女工くりやべに弁当ふたつころがりてゐる」。

咲く花も散る花もなき松ケ岡は
静もり深き青葉山なる

田部君子《たべきみこ》

『田部君子歌集』１９９９年　池部淳子・道子編

松ケ岡公園は桜やツツジの盛りを過ぎ真夏の装い、ひっそりと青葉が繁る山となった。歌会が行われた常盤亭のあった松ケ岡公園を詠んだもの。藤田女学校の生徒だった十七歳の歌。在学中から小山田滋・太田水穂に師事した。「生まれきて十八年のわれのこの清きほこりを高くかかぐる」もこの頃の歌。結婚後の歌に「雪に暮れ雪に明けゆくみちのくのみ冬のなかに男の子育つる」がある。将来を期待された歌人だったが、昭和十九年、肋《ろく》膜炎《まくえん》のため二十七歳で亡くなった。

青草に手を押し拭《ぬぐ》ひ硬貨ひとつ
僧形の吾に賜《た》びし人あり

永《なが》井《い》幸《さち》雄《お》

『昭和万葉集』巻十三　１９８０年　講談社

73

修行僧に硬貨を喜捨してくれた人がいる。青草で手をぬぐってから渡してくれたのだ。額に汗して稼いだお金なのだろう。僧は若き日の幸雄かもしれない。幸雄は、あきる野市にある天台宗の名刹玉泉寺に生まれた。戦後、福島県の高校教員となる。「憧れもやうやく淡くこの街に墓地求めむと思ふこのごろ」（『流氓《りゅうぼう》』１９８９年）も私の好きな歌。

こませ曳く船が帆掛けて浮く浦の
いくりに立つは何を釣る人

長塚《ながつか》　節《たかし》

『長塚節歌集』１９３０年　春陽堂

74

明治三十九年七月、節は平潟での療養中、赤井嶽に登り「赤井嶽とざせる雲の深谷に相呼ぶらしき山どりのこゑ」と詠んだ。掲歌はその帰路に関田の浜で詠んだもの。帆船によるこませ網漁を記録し貴重である。「いくり」とは海中に突き出た岩のこと。長塚節は茨城県常総市の歌人・作家。小説「土」で知られる。正岡子規に師事した。

今一つ歌の生《あ》れよと声掛けて
水漬きしピアノ叩きてやまず

波汐國芳《なみしおくによし》

『歌集渚のピアノ』２０１４年　いりの舎

いわき市出身で福島市に住む國芳は、東日本大震災の後、薄磯海岸で砂に埋もれたピアノを見つけた。そして、震災から立ち上がる故郷の人々を鼓舞する歌を詠み続けている。「大津波来て攫《さら》いしを塩屋埼さらい残しの古里に佇《た》つ」(『姥貝の歌』2012年)。「盆の夜を念仏踊りの若き男《お》ら被災の霊も連れ来るような」(『警鐘』2016年)。

ここつらやしほみちくればみちもなし
ここをなこそのせきといふらん

難《なん》波《ば》宗《むね》勝《かつ》

古川古松軒『東遊雑記』1788年　平凡社　東洋文庫

76

「ここつら」はいわき最南端の九面。ここが名高いなこその関のあった場所なのだろうと詠った。常陸と陸奥の境に「なこその関」を想定した嚆矢となる和歌である。

宗勝は江戸時代初期の公家。慶長十四年（一六〇九）、宮廷内の不祥事に連座し流刑となった。流刑中に九面を訪れたらしい。慶長十七年に許されて帰京。飛鳥井家を継承し雅胤と改名、その後雅宣と名乗った。

柿嫩葉《かきわかば》すがしき風をわがものに
洗濯の妻の白き膝つこ

野本多霞夫《のもとたかお》

『夜霜駅　野本多霞夫歌集』1986年　雁書館

77

新妻が盥《たらい》で洗濯をしている初夏の景。多霞夫の歌は「生活に根ざした平明で直截かつ軽妙な調べ」で「野本調」といわれた。掲歌のような妻恋の歌人でもあった。「ふるさとの土の匂ひを一ぱいにリュックにつめて来し妻の顔」「昨夜観し映画をまねて朝戸出に抱かむとして妻に叩かる」。日中戦争のさなか、文芸の灯を守るため文芸誌『野麦』（柴田書店発行）を創刊した業績は高く評価される。

ままははやさしかりにき小名浜に
貝焼き食べてなつきゐしわれ

馬場あき子

『あかゐあをゐ』２０１３年　本阿弥書店

78

この歌集には東日本大震災を詠んだ歌が収録されている。震災が契機なのだろうか、継母の故郷いわきでの思い出を集中的に詠んでいる。「太くたのもしき大地なりける東北のつなみの浜となりしふるさと」「ははと遊びし水石山はたすかりて地震のあとにほととぎす鳴く」「勿来越えてゆきし小名浜にふたり目の母ゐて幼きわれに触れたり」「津波あとに帰り住む顔の力なり父在らば同じきみちのくの顔」など秀歌ばかり。

昨日ひとり汗して仕込みし二斗《にと》の米
今宵ふつふつ麹《こうじ》となれり

松﨑美穂子

『麹の匂い』２００９年　ながらみ書房

79

自家製の味噌を作るのに不可欠な麹を仕込んでいる。二斗は一升瓶二十本分の量。重労働だ。美穂子は三和町差塩の農家の主婦。山村の丁寧な暮らしをいきいきと歌った。「日もすがら豆殻うちて傷つきし指にぎりしめそっと湯あみす」「作業着を洗う水泡に花屑の浮きぬ千本の菊切りたれば」「仕込みたる味噌に仕上げの塩をふる霜の白さにと祖母は教えき」。『麹の匂い』は第四回ふるさと出版文化賞優秀賞の歌集。

ふくしまからでんきがきてるのしらなくて
とうきょうはいつもいっぽうつうこう

三原由起子

『歌集　ふるさとは赤』２０１３年　本阿弥書店

80

原発事故が起きるまで、関東地方に供給される電気が福島で作られていることを知らない人が多かった。常磐炭田、奥只見の水力発電、そして原子力発電と、明治以降、福島県は東京へのエネルギー供給基地の役割を果たしてきた重い事実が詠われている。由起子は浪江町出身。いわき光洋高校時代から作歌を始めた。「んだっぺよ、そうだっぺよといわき行き高速バスはひだまりの中」は震災前の東京駅八重洲口でのなごやかな風景。

憐れなる自分の戀《こい》を撰炭《せんたん》の
唄にまぎらす礦山《こうざん》のひる

諸根《もろね》正一《しょういち》

「撰炭婦の歌」『労働文学』第一巻　第三号　1919年

81

歴史家として知られている諸根樟一（本名は正二）は、短歌や小説の好きな青年であった。掲歌は大正八年に加藤一夫が創刊した雑誌に掲載されたもの。正一はこの雑誌にプロレタリア文学の先駆けとなる小説も書いている。この頃、正一は二十六歳、大日本炭礦川部坑で測量技師として働いていた。歌を唄うことで悲しい恋の気持ちを紛らしている撰炭場の女性労働者を詠んだ。歌人諸根慶子は長女。

小太鼓の音かそかにも聞え来て
遠くの村に祭あるらし

諸《もろ》根《ね》慶《けい》子《こ》

『諸根慶子歌集』１９５０年　草美社

82

慶子満十八歳、父樟一の実家（沼部町）に帰省した時に詠んだ。御宝殿熊野神社の祭太鼓の音が風に乗って沼部まで聞こえてきたのだ。「蜑《あま》だちの働き唄ふやさし聲《こえ》群ら立つ磯にきこえ来るかも」は泉村の剣浜《つるぎはま》に遊んだ時の歌。「山脈《やまなみ》のきはまるところ雲いでて村のはづれは川に続くも」は沼部での歌。慶子は、日本女子大学卒業後、復興院（後の建設省）に勤めたが結核のため休職、昭和二十四年、二十四歳の生涯を閉じた。

指示があるまでは飲むなと言ひ含め
ヨウ化カリウム丸を配りぬ

吉田健一

「毎日歌壇」2011年5月15日

83

東日本大震災直後のヨウ素剤配布作業を詠んだ歌。発災直後の五月に発表された。ヨウ素剤は甲状腺ガンを防ぐ効果があるとされるが飲むタイミングが難しいという。配るほうも貰うほうも手探り状態だった。健一は元市職員で、この時震災対応にあたった。「留守電に半音低き妻の声もう二三日考へますと」など日常をユーモラスに詠んだ歌が秀逸。歌集に『孵化《ふか》』（1999年）がある。「異邦人」にて平成九年度福島県文学賞を受賞した。

罹災していわきの地に住み三年《みとせ》余り
連翹《れんぎょう》の若木も四方《よも》に枝張る

吉田信雄

『歌集思郷』２０１９年　現代短歌社

84

信雄は元高校教師。東日本大震災で故郷の大熊町を離れ、現在はいわき市在住。『歌集』の中で、発災から現在までの日々を淡々と叙情豊かに、かつ原発事故への怒りを込めて詠んだ歌を収録している。信雄は避難生活の中、百四歳の母と百六歳の父を看取った。「百歳を越えたる両親《ふたおや》持ちしわれの役目終へたり終へて寂しき」に実感がこもる。『歌集思郷』は令和二年度ふるさと出版文化賞最優秀賞を受賞した。

ペットボトルの残り少なき水をもて
位牌洗ひぬ瓦礫の中に

吉野紀子

「朝日歌壇」２０１１年5月16日

85

東日本大震災を経験した私たちの心に沁みる歌だ。津波で壊滅した海辺の街。一か月にわたる断水。放射性物質の降る中での給水。ガソリンの枯渇。あの時の記憶が生々しく蘇る。当時、紀子は小名浜に在住。掲歌はその年の第二十八回朝日新聞歌壇賞に選ばれている。

みをつくしあらはに見えつかもめ鳥
一羽二羽三羽五羽二十羽

若松せい

『LE・PRISME 2』1916年

大正五年、せい十七歳の作品。澪標《みおつくし》は船の航路の標識。小名浜に生まれ育った彼女には見慣れた風景だったのだろう。カモメの舞い飛ぶ様子を、たたみかけるように数詞を重ねる大胆な詠みぶりは十七歳の文学少女とは思えない。『LE・PRISME 2』は山村暮鳥が発行した雑誌。暮鳥の推薦で掲載された。生涯の伴侶、吉野義也（三野《みの》混沌《こんとん》）と出会うのはまだ先のこと。

漢詩

（前略）憶い起す七州連衡の時
百戦此地王師を扼《やく》す
大砲雷の如く小銃は雨
伏屍縦横血は杵《たて》を漂わす（後略）

大《おお》須《す》賀《が》筠《いん》軒《けん》

『緑筠軒詩鈔』１９１２年　清光堂書店

「平城の墟を望み、戊辰戦没《ぼしんせんぼつ》の諸子を憶う有り」の題がある。奥羽越列藩同盟軍と新政府軍（王師）との磐城平城攻防戦を詠んだもの。筠軒は磐城平藩の漢学者。この詩の後半では、明治時代の勝ち組が勤王に名を借りて誠なく利を貪っていることを痛撃している。「昨日の忠臣今日の賊／満地戦塵血腥《けっせい》を吹く」。訓読は『明治漢詩文集』（1983年筑摩書房）による。

暑さを避けて小舟を出せば
水と空とは秋より涼し
この世の愉快知るや知らずや
詩、酒、風流の半日の遊び

大須賀痩玉《そうぎょく》

石川忠久『扶桑の山川』２０１３年　研文出版

88

「夏井川避暑」より読み下し。瘦玉は漢学者の大須賀筠軒夫人の馨《けい》。通称は茂登《もと》。あまりにも暑いので、夫と友人たちと夏井川に舟を浮かべて避暑と洒落こんだ。詩を吟じ、酒を酌み交し半日愉快に遊んだのだ。明治九年、瘦玉三十歳の夏の愉しい思い出である。結核で亡くなるのはこの二年後のこと。原詩は漢文。現代語訳は石川忠久。

命を知り由来《ゆらい》天を怨《うら》まず
分に随《したが》い布衣《ふい》流年を渡る
胸中自《おの》ずから千金の宝有り
囊裡《のうり》常に空し一貫の銭
（以下略）

松井《まつい》秀簡《しゅうかん》

石川忠久『扶桑の山川』２０１３年　研文出版

七言絶句「貧士」の読み下し。意味は、天命を知り人を恨まず、分をわきまえ月日を送っている、心の中には千金の宝があるが財布はからっぽだ、といったところか。秀簡数え十六歳の作品だという。今で言えば中学三年生くらい。秀簡は泉藩士の子弟だが、平藩の碩学《せきがく》神林復所に入門し学問に励んだ。長じて秀簡は代官・郡奉行を歴任する。戊辰戦争の際、非戦を唱えて諫死《かんし》した。享年四十一歳であった。

老躯久擲海山遊
纔出都門爽両眸
雲影濤聲秋萬里
閑尋詩景入磐州

松林桂月《まつばやしけいげつ》

90

　年老いた私は、久しく海山に遊ぶことを止めていたが、わずかに都を出ただけなのに目に映る景色は爽やかだ。雲の影はくっきりとし、波の音が聞こえる秋の真っただ中。私は詩情あふれる景色を尋ね歩き、今磐城の国に入った。

　桂月は文化勲章受章の日本画家。弟子の大平華泉の招きでいわきに来た折の漢詩。泉町の諏訪八幡神社境内に詩碑がある。

詩

修学旅行の
汽車の窓に
帰りに見るはずの景色を
すでに未来を思い出してしまった

秋吉久美子

『クミコの詩集　いないいないばあ』１９７５年　講談社

「とたんに／あたしは／ざわめきから遠く離れて／独りで／暗いトンネルに／吸い込まれていった」（「未来の思い出」）と続く。二十歳で刊行したこの詩集は、久美子が磐城女子高校文芸部で培った瑞々しく柔らかな感性全開である。五七五形式の「ひなげし」も愉しい。「ひなげしや心臓の影壁にゆれ／冬の陽に青きスネ毛のひなげしや／ひなげしや受話器がむしゃむしゃ花弁食い」。

カサ《（笠）》ノナイ十ショク《（燭）》ガ六ヂヨウ《（畳）》ニトモリ
オモチヤノキカンシヤガコロガリ
コヨヒ《（今宵）》ハントシブリデ　サイシ《（妻子）》トマクラ
ヲナラベ

猪狩満直

『猪狩満直全集』１９８６年　同刊行委員会

92

「シハスノカゼノオトヲキキツ／ニハトリブタノハナシデ／一九三一ネンハクレントシテヰル」（「師走」）。

　この年、満直は北海道開拓を断念して帰郷、内郷村小島に居を定めた。満直は、開拓の苦楽を描いた詩集『移住民』『農勢調査』『秋の通信』などで知られる日本を代表する農民詩人である。詩のほかに、短歌・小説・絵画など多彩な才能を発揮したが、昭和十三年、好間村川中《かわな》子《ご》の実家で結核のため四十歳で死去した。

数えきれない時間と思い出に揺られて
錆びたレールが唄う臨海鉄道の夜

イサジ式

CD『いつかきた道』「臨海鉄道の夜」２０１５年

93

福島臨海鉄道（旧小名浜臨港鉄道）は、かつて人も乗れて沿線住民にとっては生活の足だった。歌詞は「懐かしいリズムはエイトビートのララバイ」と続く。歌詞に出てくる「ロコモティブ（機関車）の響き」は沿線の子どもたちの「子守歌（ララバイ）」だった。「りんこう」に乗って小名浜の街に買い物に行くことは、泉町の少年（私）にとって一大イベントだった。イサジ式は小名浜出身のフォークシンガー。

松の浦吹く朝風に
玲瓏《れいろう》明くる太平洋
豊の旗雲なびかせて
夕陽に映ゆる阿武隈や

尾崎喜八

「磐城農業高等学校校歌」１９５０年

「ああ母校磐城農業高等校／山と海とを西東／菊多の丘に君臨す」と続く。

理想の農学校の建設を目指した、初代校長田附《たづけ》卯一郎と、渡辺町に移り住んだ農民作家上泉秀信の依頼により、詩人尾崎喜八が作詞した。喜八は歌詞を作るため、勿来・植田一帯を歩き構想を練ったという。できあがった校歌は流麗で格調高い。

ああ深呼吸がしたい！
肺をおおきくふくらまし
青空を
吸いこみたい

ぼくら生きるため
呼吸の仕方をかえて
別のいきものに
生まれかわっていくのかしら？

粥塚《かゆづか》伯正《みちまさ》

『婚姻』２０１９年

95

「ころがる石をひっくり返し／そこに、くるっとまるまる虫がいたら／きっとそれは／ぼくと妻」（「ぼくは今日もいわきで生きている」）と続く。原発からの放射線量を気にしながらの妻との日常をユーモラスに、しかも静かな怒りをもって語る。「ああ深呼吸がしたい！」は現在のコロナ禍も相まって実感をもって迫ってくる。伯正は「水棲類」で平成七年度福島県文学賞を受賞した。

（前略）

桜の花が咲く頃になると
いまだに　体育館の中では名前が反響し
舟のように揺れるらしい

木村孝夫

『桜螢』２０１５年　コールサック社

96

「だから桜の花びらは／魂の一つ一つを慰めるようにしながら／散っていく」（「桜が咲く頃」）と続く。東日本大震災の時、遺体安置所になったのは体育館だった。家族を呼ぶ声がいつまでも体育館の中にこだまする。遺体を確認した遺族たちは皆、悲しみのさなかにもかかわらず、係員に丁寧にお礼を言って帰って行ったという話を私は鑑識係の警察官だった人から聞いた。孝夫は「ふくしまという名の舟にゆられて」で平成二十六年度福島県文学賞受賞。

ほっ　まぶしいな。
ほっ　うれしいな。

みずは　つるつる。
かぜは　そよそよ。
ケルルン　クック。
ああいいにおいだ。

草野心平

『赤とんぼ』４月号　１９４７年

97

「ケルルン　クック。／／ほっ　いぬのふぐりがさいている。／ほっ　おおきなくもがうごいてくる。／／ケルルン　クック。／ケルルン　クック。」（「春のうた」）。

冬眠から目覚めたばかりの蛙の喜びの歌。戦後まもなく、中国から帰り上小川村の実家にいた頃の作品。日の光、水の感触、風の匂い、小さな星々のようなオオイヌノフグリ、流れる白い雲、どれも心平の故郷の風景だ。

龍のひげの茂みのなかは静かで
藍の実はひつそりとしてをりました
五つ六つ掌にのせて
えんがはで遊びました

草野天平

『定本草野天平詩集』１９５８年　弥生書房

「ころころところがせば／ころころところがつて／とまりました（中略）冬の日は障子にあたり／睡くなつてゆきました」（「幼い日の思ひ出」）と続く。十歳まで過ごした上小川村での揺り籠のような思い出を天平は詩にした。『現代文学』5巻11号（1942年）に「子供の頃」として発表。天平は三十一歳頃から詩を書き始め四十二歳で亡くなるまで詩作の期間は十年ほどしかないが、ただひとつの詩集『定本草野天平詩集』（1958年）が第二回高村光太郎賞を受賞した。

帰ってこい　帰ってこい
村の女は眠れない
夫が遠い飯場にいる女は眠れない
女が眠れない時代は許せない
許せない時代を許す心情の頽廃はいっそ
う許せない

草野比佐男

『村の女は眠れない』１９７２年　たいまつ社

99

かつて日本に「高度成長期」と呼ばれる時代があった。現金収入を求め首都圏へ働きに行く農閑期の出稼ぎの光と影を描いたこの詩「村の女は眠れない」を含む詩集は、山村の暮らしや生身の夫婦の在り様を語ることで、この時代を代表する作品となった。この詩の一節、「女を眠らせなくては男の価値がない」とは、なんとハードボイルドな啖呵《たんか》だろう。比佐男は三和町に生涯を送った農民作家。短歌・詩・小説でも著名。

せり上がる水位（血ではないな）
時代に沈んだ軒下の表札跡を読みながら
これからはしばらく
こうして貨幣の街へ出かけて行くのだ

郷　武夫

『背広の坑夫』１９７９年　紫陽社

100

「職安の若い役人に／どこから話そう／引き金は引けまいが／かせぎなら握れることを」（「背広の坑夫」）と続く。炭鉱が閉山になり労務災害で指を失った男は、仕事を探しに行こうとしている。詩集『背広の坑夫』には、閉山に向かうヤマの人々の暮らしが切なくもいきいきと描かれている。第十一回詩人会議新人賞を受賞した。「指の家族」で平成十年度福島県文学賞を受賞。

こんなにも背後の夕焼けは美しいのに
ここにも、そこにも
たおやかな夕日が地に照り映えているのに。
呪われた火で
今も、ふるさとは燃えている。

齋藤　貢《みつぐ》

『雛罌粟《コクリコ》』第5号　2017年

齋藤貢は祈りの詩人である。喜び、悲しみ、怒りを静謐な言葉で詩に結晶させる。東日本大震災以降、彼の詩は象徴性と具体性がバランスよく深化した。ちまたに溢れる紋切り型の震災詩ではない深い心の叫びがここにある。「火について」より抜粋。

『奇妙な容器』で昭和六十二年度福島県文学賞、『夕焼売り』で第三十七回現代詩人賞を受賞した。

仮設住宅の屋根を叩く
雨音は　辛い
漠々と溝をつくり
眠る人々の上に降る

佐藤紫華子《しげこ》

『原発避難民の詩』２０１２年　朝日新聞出版

102

「果てしない寂寥の中で／外灯の灯かりは斜めに光り／闇夜の中に重たく　沈む」（「雨あし」）と結ばれる。原発事故で富岡町から避難し、いわき市の仮設住宅に住んだ日々をたんたんと描く。

詩集の帯で吉永小百合は、「紫華子さんの心の叫びを、故郷への思いを、私は今、しっかりと受け止めたい。負けないで、乗り越えてと祈らずにはいられません」と熱いエールを送っている。

鈴木比佐雄

（前略）古峰神社も安波大杉神社も修徳院
も消え
この平薄磯には神も仏もない光景だ
水の戦車が町を好き放題に破壊して去っ
ていった（後略）

『鈴木比佐雄詩集　東アジアの疼き』
２０１７年　コールサック社

103

「薄磯の木片―3・11小さな港町の記憶」は東日本大震災直後の平成二十三年四月に発表された作品。比佐雄の両親のふるさといわき市に向かう途中の道路の混乱状況や、津波や地震で破壊された街の様子をリアルに描写する。一行一行読むごとにあの日を思い出して心臓が痛くなる。記憶を呼び起こすのはこの詩の力であろう。比佐雄はコールサック社創業者。

陽が沈みかけると、わたしたちは玄関の三和土《たたき》に落ちた闇の切れはしをまたいで家を出る。

鈴木八重子

『ゆれる家』1987年　レアリテの会

「墓にろうそくをともしに行くのだ。盆のあいだ墓地は毛ば立つ。近づくにつれてわたしたちのほうへただよってくる線香のけむりが濃くなる」（「草の声」）と続く。亡き人の魂を迎えに行く情景だろう。子どもの頃感じたひりひりとした得体のしれない異空間を、詩の言葉であざやかに切り取った作品だ。八重子はこの作品を含む「ゆれる家」で昭和六十二年度福島県文学賞を受賞した。

汗だろうか　涙だろうか
父の顔に一筋　水が引かれる
ベッドの面積よ
半坪のたんぼになれ
そして　父をゆっくりと眠らせよ

長久保鐘多《ながくぼしょうた》

『二十世紀、のような時代』１９９９年　詩学社

105

「百姓の苦労にくらべたら／死ぬのなんか怖くはねえぞ」（「父のたんぼ」）。生涯、農に生きた父。父を尊敬しながらも「田をつくるより詩をつくる」ことを選んだ息子。鐘多の詩は父母の暮らしを描く時に躍動する。藁の芸術家だった父のこと「それでも父は」、「詩をつくるより田をつくれ」と父に説教される「父の思い出」、母の農作業を描いた「母の畑」「畑の草」、母の介護を描写した「介護について」。どれも私の心を揺さぶってやまない。鐘多は「散文詩集　象形文字」で昭和五十六年度福島県文学賞受賞。

黒く膨らんだ夜の樹樹《きぎ》に
影のみの烏《からす》が啼いてゐる
頭がどうかしてしまった俺に腹にめり込
む様なその反響！　烏！　烏！

中野大次郎

『中野大次郎遺稿集』１９３５年

106

作品「烏」より。影だけの烏の不気味な鳴き声に耳をそばだてる大次郎。憎悪にみち「全ての意欲を奪ひ全ての生活のともし火を点滅させるめりこむ様な」不気味な声だ。この年亡くなった芥川龍之介も聞いた不安の声かもしれない。大次郎は磐城中学校から旧制水戸高校を経て東京帝国大学に学ぶ。この詩は昭和二年、高校生の時に読売新聞の懸賞で一等となった作品。後のプロレタリア作家永崎貢《ながさきみつぐ》である。

（前略）車のフロントガラスから
ハの字に広がる緑の稜線
おしゃか様の涅槃の姿にように、
美しく

青天目《なばため》起江《ゆきえ》

『緑の涅槃図』２０１４年　コールサック社

107

「きっと生きている者、／亡くなった者の想いが集まって、美しく／／どうか、どうか、今は安らかに／／全ての真心が報われますように」（「緑の涅槃図」）と続く。阿武隈高地には東日本大震災の死者・生者の想いが集まっていると起江はいう。なだらかな緑の稜線は釈迦の涅槃の姿のようだというのだ。震災と原発事故に傷ついた阿武隈高地を涅槃の姿に見立てた。

よい子によい唄　子守歌
茶の花畑は花盛り
茶の花見たけりゃよくねむれ
茶の樹に茶の花みんな咲いた　みんな咲いた

野口雨情

108

「よい唄聞く子はよくねむる／畑の茶の花見せにゆこ／茶の花見たけりゃよくねむれ／茶の樹に茶の花みんな咲いた　みんな咲いた」。

初孫の誕生を祝いに贈った「こもりうた」。雨情らしい、やさしく懐かしい詞で喜びに溢れている。のちに「野のうた」として発表された。雨情の長男雅夫の妻の実家、泉町のＫ家に雨情直筆の作品が残されている。

神話の時代から　そこを動かなかった蜘
蛛の一群　穴を掘って掘りつづけ　住み
つづけてきた土蜘蛛の一群
そのかれらがとつじょ　大量に動き出した

芳賀章内

詩集『都市論序説』１９９１年　雄山閣出版鮫の会

109

散文詩「群がっている」はこのように始まる。土蜘蛛はあとからあとから都会を目指す。ひたすらビルの空間を食い続けるのだ。そして土蜘蛛は次に、わが辺境の地に増殖したビル群へと押し寄せる。土蜘蛛は「陸奥国風土記逸文」などにみえる辺境の土民のこと。私たち自身だ。日本の高度成長を支えた東北出身者の比喩といえば言い過ぎだろうか。章内は昭和八年生まれ、いわき市出身。早稲田大学卒業後、出版社に勤務。

けれども私は
知って、いる
そこが
終着点ではない事実を
レールはまだまだ
時代の深淵へと延びて
いたことを

芳賀稔幸

『ゆもとの暮鳥さん』１９９５年　土曜美術社

110

「しくまれたレールで／降ろされていった犠牲者たちは／平等への夢と／自由への希望を／巧みに利用され／惜しげもなく裏切られ／それと入れ代わりに／地上に上がっていったくろぐろの石の塊」（「ウィンカ」）と続く。太平洋戦争末期の常磐炭田では、徴兵された日本人鉱夫の不足を補うために、朝鮮半島から二万人近い労働者が集められ働いていた。この重い事実を稔幸は描いた。

常磐炭田五萬《まん》の兄弟よ
今こそ
一斉に起つときだ
必ず　手を
決して　離すものか
俺達は斃《たお》れるまで
俺達は最後まで

俺達の世界が来るまでだ

波立《はりゅう》　一《はじめ》

詩集『波立』２００２年　構図社

111

ストライキに突入する炭鉱労働者の集会が時間の推移を追って描写される。掲載箇所は「夜明けの集会」の最後の八行。郷武夫の解説によれば「絵画的とも云うべき細密描写が、それまでのプロレタリア詩を色あせさせるほど新鮮な衝撃を与えた」という。波立一は明治四十一年石城郡好間村生まれ。平商業学校を卒業、絵画を学ぶため上京、プロレタリア芸術連盟美術部の運動に参加し、詩人としても注目された。昭和十二年、肺結核のため二十九歳で死去した。

かうかうという
古河炭鉱の選炭機の音が
消えた頃
混沌もひっそりと好間村から消えた

日野利春

『6号線』第5号　1977年

親友三野混沌（吉野義也）を回想し、その死を悼んだ作品「いわき好間」より引用。「混沌は夜来て限りなく話した／そして夜の明ける前／一人でこっそりと帰った」若き日々。利春は日本農民組合石城地方協議会会長、吉野は同副会長・福島県農地委員会委員として、二人三脚で農地改革にまい進した。二人だけの同人詩誌『否』は友情の証《あかし》だ。

自動車の音も
汽車の汽笛も
どんなに耳をすましても
どんな静かな日でも
聞こえてこないのが常です

古山一郎

『ふるさとの詩』１９７９年　はましん企画

113

「分教場からはときおり／子どもらの声／胸がキューンとなる程静かです／もうお昼近いのでしょうか／耳をすますと／山鳩が鳴いています／／それが戸渡《とわだ》です」（「山里」）と結ばれる。

昭三十三年、小川小学校戸渡分校に古山夫妻は赴任した。村人や子どもたちとの心温まる交流が始まる。

否定語を並べれば
僕ができる

松村栄子

『詩集　存在確率』２０１８年　コールサック社

114

「ぼくの時（五篇）」の第五篇。第一篇は「ぼくに与えられた／ぼくの一日を／ぼくが生きるのを／ぼくが拒む」。女子高の文芸部を舞台にした小説『僕はかぐや姫』の中にもこの詩が登場する。少々、自意識過剰な女の子たちの等身大の楽しい物語だ。磐城女子高校時代のエピソードが元になっているという。大学生のへんてこな青春を描いた「至高聖所《アバトーン》」で第百六回芥川賞を受賞した。

熊手に引っ掛った
紅い実のあるやぶこうじ
人の最後の孤独に似ている

働くことはいい人になるとは限らない

三野《みの》混沌《こんとん》

『詩集阿武隈の雲』１９５４年　昭森社

115

「それほどほっちりと一つの紅いやぶこうじ／動けば動くほど寂しい／ばらばらな意志を／石の面に摺り潰す／松林の下の紅いやぶこうじ／悪魔」（「やぶこうじ」）と続く。詩集の序文で草野心平は、混沌の詩は「難解ではないが難読である――中略――開墾生活に入ってからの数十年、彼は一個のド百姓として貫いてきた。この背景がなければ彼の詩もない」と喝破した。混沌は本名吉野義也、妻は吉野せいである。

岬の光り
岬のしたにむらがる魚ら
岬にみち尽き
そら澄み
岬に立てる一本の指。

山村暮鳥

『聖三稜玻璃』1915年　大雅洞

116

作品のタイトルは「岬」。「岬に立てる一本の指」とは、明治三十二年に作られた煉瓦作りの塩屋埼灯台のこと。明治四十五年、暮鳥は平町の日本聖公会平講義所に赴任した。平時代（明治四十五年〜大正七年）の暮鳥は、自身の結婚や詩集『聖三稜玻璃』の刊行、文学仲間（花岡謙二・三野混沌・若松せい・八代義定等）との出会いなど実り多き日々であった。

いちにかやの実
ににくるみ
さんにしきぶ（樒）の花の露
早くくれくれ
早くくれねえど
夜の三だえし（大師）横になる

和《わ》田《だ》文《あや》夫《お》

『土の味』１９８８年　いわき地域学会出版部

117

子どもたちの寒念仏の歌。この歌を唱えながら家々を回り少しの銭と米を貰うのだ。昭和の初めにはこんな風景もあった。この米で煮た醤油飯を食べると風邪をひかないと、歌を採集した文夫は丁寧な説明をしている。『土の味』は身近な植物や木の実などを題材に、昭和前期の子どもたちの暮らしをいきいきと描いた名著だ。私の座右の書でもある。文夫は四倉町長友の篤農家で民俗学者。

北街も新街も浜街も
通りにあったガソリンスタンドも雑貨屋も
水産加工屋も
銀行も
すべて土の中

わたなべえいこ

『県文学集』65集　２０１７年

118

津波に呑まれた薄磯の町を路線バスが走る。「海からあがった濡れた姿のままの乗客が／冷蔵庫のような車内に／会話もなく／座っている気配を感じるのか」（「路線バスが走る」）。えいこは幻想する。犠牲者との魂の交感を感じさせる作品だ。平成二十九年度福島県文学賞受賞作品。

「いわき諷詠《ふうえい》」について

はじめに　本書は、いわきの風土や歴史・人物を豊かに詠《うた》った詩歌を紹介するものです。いわき出身・いわきゆかりの作家だけでなく、いわきを詠《よ》んだ作品も取り上げていきます。江戸時代から現代まで百十八作品を収録しました。江戸俳諧、近代俳句、川柳、短歌、現代詩、歌詞など多岐にわたります。本書をきっかけに実際の句集・歌集・詩集・CDをぜひ手に取っていただきたいと思います。

いわきの詩歌の歴史は多彩ですが、ここではいくつかのトピックを掲げその概要を見ていきたいと思います。

磐城平藩主内藤氏　磐城平藩主内藤風虎と二男露沾は俳諧や和歌に親しみ、全国の文化人と交流がありました。内藤氏時代の藩領は、現在のいわき市勿来町から双葉郡富岡町まで広い領域で、各地を和歌の歌枕の地に見立て風流を楽しんだのです。「なこその関」もそのひとつで、関田の山を関跡として整備したのも内藤氏です。風虎は西山宗因や相楽等躬を関跡に招きました。風虎が編んだ俳諧集『桜川』には、いわきの地名や行事がたくさん詠まれており歴史史料としても貴重です。

勿来の関と近代詩歌　近代になると、歌枕の地「なこその関」は観光地「勿来の関」として全国に知られていき、多くの作家・文化人が訪れています。本書では、長塚節・斎藤茂吉・河東碧梧桐・野澤節子・角川源義などの作品を収録しています。

常磐炭田と詩歌　首都圏のエネルギー基地となった常磐炭田からはたくさんの詩歌が生まれました。短歌では、昭和前期の「潮音」に拠った小山田滋のグループ（田部君子・田中賢介・野本多霞夫など）、戦後の「沃野」に拠った岡和一郎のグループ（赤石澤吉雄、飯村仁など）が著名です。大内與五郎や岡和一郎らが編集した『常磐炭田戦後抗夫らの歌』は炭鉱詩歌の金字塔です。詩では労働争議を描いた波立一、廃坑を描いた郷武夫の作品も忘れ難いものがあります。

薄命の歌人　近代の女性歌人では田部君子と諸根慶子を挙げたいと思います。二人とも二十歳代の若さで亡くなりましたが、その作品は暮らしに根差しながら抒情的で格調の高いものでした。長命であったなら、どんなにすばらしい歌人になっていたことでしょう。

草野兄弟　いわきの近代詩歌で欠くことのできないのは、小川町出身の民平・心平・天平の三兄弟です。文化勲章受章の心平の業績は言うまでもありませんが、早熟な長兄民平がいなければ心平の詩の目覚めはもっと遅かったかもしれません。天平のマイナーポエットとも呼ぶべき詩の資質は次兄心平とは異なるもので、熱心なファンがいることでも知られています。

民俗行事と詩歌　詩歌にはいわき地方の民俗行事や芸能なども詠われており、懐かしく楽しいものです。取り上げた行事には、沼ノ内地区の水祝儀（矢吹嘉広）、寒念仏（和田文夫）、じゃんがら（山崎祐子・永瀬十悟）、鎌田の灯籠流し（高久晩霞）、釜戸の奴行列（高萩尊風）などがあります。

浜の点描　いわきの浜を詠った作品も忘れ難いものがあります。久之浜（古市枯声）・中之作（風虎）・小名浜（一具庵一具・若松せい）・小浜（露沾）・九面（きくちつねこ）の各港や塩屋埼灯台（山村暮鳥）などが詠われています。

農のいろいろ　農業・農民のさまざまな姿も描かれています。農作業（三野混沌・北郷光子）・味噌作り（松崎美穂子）・開拓（猪狩満直）・出稼ぎ（草野比佐男）・農の誇りや子から見た父（鷹大典・長久保鐘多）など多様です。農業を巡る戦前・戦後の変貌も読みどころであり、じっくりと味わっていただきたいと思います。

東日本大震災　平成二十三年の震災と原子力発電所の事故は私たちの暮らしにも大きな影響を与えました。震災をきっかけに作られた詩歌は、私たちの心のよりどころとなりました。短歌では吉田健一・吉田信雄・吉野紀子・高木佳子・三原由起子・波汐國芳、俳句では永瀬十悟・駒木根淳子、詩では齋藤貢・青天目起江・わたなべえいこ・鈴木比佐雄などの作品を取り上げました。さらに、いわきの復興を願い毎年「アクアマリンふくしま」を会場に開催されている「いわき海の俳句全国大会」の入選作（高木俊明・西山逢美）も収録いたしました。

おわりに　本書は、夕刊紙「いわき民報」に平成三十年七月から令和五年一月まで四年半にわたって「いわき諷詠」として連載したものの中から配列・収録したものです。連載中はもとより書籍化にあたりご協力いただいたいわき民報社及び鈴木定男記者、表紙イラストを描いていただいた長野ヒデ子先生、さらには出版を快くお引き受けいただいた歴史春秋社阿部隆一代表取締役に心より感謝申し上げ、まとめといたします。

作者索引

あ行

か行

ま行

や行

ら行

わ行

著者略歴

中山雅弘（なかやままさひろ）

1957年、福島県勿来市勿来関田町（現在のいわき市勿来町）生まれ。

龍谷大学文学部史学科卒業、 佛教大学大学院文学研究科終了。

20歳代で詩、50歳代で俳句を始める。

現在、蘭俳句会・澤俳句会会員。

著書に、詩集『氾濫宣言』（坂本謄写堂）、評伝『農民作家上泉秀信の生涯』（歴史春秋社）などがある。

現住所
〒971-8172　福島県いわき市泉玉露1丁目22-18
E-mail：tamatuyu3634@gmail.com

いわき諷詠

二〇二三年三月十三日　第一刷発行

著者　中山雅弘
発行者　阿部隆一
発行所　歴史春秋出版株式会社
〒965-0842
福島県会津若松市門田町中野大道東八-一
印刷所　北日本印刷株式会社